Allgemein

CW01020661

Das Oster-Quiz für Besserwisser

Marcus Jungnickel

Veröffentlichung und Design: Marcus Jungnickel
Usedomstr. 66, 70439 Stuttgart, Deutschland
Alle Rechte vorbehalten.
Tag der Veröffentlichung: 06.03.2021
ISBN: 9798717729857

Inhaltsverzeichnis

Allgemeine Osterfragen

1. Das Osterfest findet jedes Jahr an einem anderen Datum statt. Wonach orientiert sich das Datum der Osterfeiertage?

2. Der Osterhase ist ein typischster Begleiter während des Osterzeit. Was symbolisiert der Hase zur Zeit des Osterfestes?

   A. Lebensfreude

   B. Fruchtbarkeit und neues Leben

   C. Das Ende der Fastenzeit

1. Antwort: Anhand der Mondmonate

Für unseren gregorianischen Kalender ist es üblich, dass sich Daten nach dem Lauf der Sonne orientieren. Anders ist dies beim Osterfest: Dieses fällt jedes Jahr auf ein anderes Datum, da sich der Zeitraum nach den Mondmonaten richtet. Dabei lautet die feste Regel: Am ersten Wochenende nach dem ersten Frühlingsvollmond feiern wir Ostern. Dieses Datum kann frühestens der 22. März, spätestens der 25. April sein.

2. Antwort: B

Bereits vor Jahrtausenden beobachteten die Menschen, dass mit den ersten warmen Tagen des Jahres der Nachwuchs der Hasen über die Wiesen und Felder hoppelte. Der Frühlingsbeginn wird durch die starke Population an Hasen eingeleitet. Diese Beobachtung hat den Hasen als ideales Symbol für den beginnenden Frühling und als Symbol für Fruchtbarkeit und neues Leben erscheinen lassen.

3. Üblicherweise ist der Osterhase der Überbringer der Ostereier. In einigen Regionen
   Deutschlands wurde diese österliche Aufgabe allerdings andere tierische Boten an-
   vertraut. Welches dieser Tiere soll im
   Raum Hannover die Ostereier bringen?

   A. Maus
   B. Taube
   C. Fuchs

4. Welches Tier soll vielerorts in Oberbayern
   und Thüringen der Überbringer der Ostereier sein?

3. Antwort: C

Im Jahr 1682 wurde der Osterhase, wie wir ihn heute kennen, vom Frankfurter Arzt Johannes Richier in der Wiedergabe einer Fabel beschrieben. Die Verbreitung des Osterhasen nahm mit Beginn des 20. Jahrhunderts deutlich zu. Es gab bis dahin allerdings noch andere heimische Tiere, denen diese fabulöse Aufgabe unterstellt wurde. Vor allem Füchse schienen sich gut als Eierbringer zu eignen. Noch heute wird die Tradition des Oster-Fuchses in manch Regionen Nordrhein-Westfalens und Sachsen-Anhalts gepflegt.

4. Antwort: Der Hahn

Auch in Oberbayern und Thüringen herrschte lange Zeit Uneinigkeit darüber, welches Tier Überbringer der Ostereier sein soll. Hierbei sind der Hahn, mancherorts auch die Henne, als eierlegende Tiere sehr naheliegend. Mitunter werden sie auch als „Ostervögel" bezeichnet oder durch andere Vögel, wie dem Kranich oder Storch, in dieser Rolle abgelöst.

5. Dem berühmten Kinderlied von Rolf Zuckowski zufolge fällt ein kleiner Osterhase immer wieder auf die Nase. Wie ist der Name des Hasen?

6. Welches Osterritual wurde von Johann Wolfgang von Goethe in seinem Werk „Faust" besonders hervorgehoben?

A. Osterspaziergang

B. Osterrennen

C. Osterfeuer

5. Antwort: Stups

Der kleine Osterhase hieß Stups. Im Lied aus dem Jahr 1981 heißt es:

„Stups, der kleine Osterhase

fällt andauernd auf die Nase.

Ganz egal, wohin er lief,

immer ging ihm etwas schief."

6. Antwort: A

Noch heute ist es eine weit verbreitete Ostertradition, am Ostersonntag mit der Familie einen Spaziergang zu unternehmen. Auch in Goethes berühmten Werk „Faust 1" wird ein Osterspaziergang beschrieben. Der Arzt Dr. Faust unternimmt einen solchen zusammen mit Wagner, seinem Famulus, um sich unter das Volk zu mischen. Der berühmte Satz „Hier bin ich Mensch, hier darf ich sein" stammt vom Osterspaziergang.

7. Woher haben die Osterinseln ihren Namen?

   A. Auf diesen Inseln gibt es eine besonders hohe Population an Hasen.

   B. Die Inseln wurden während der Osterfeiertage entdeckt.

   C. Die Ureinwohner haben, unabhängig vom christlichen Glauben, Eier bunt angemalt.

8. Für welche architektonische Meisterleistung sind die Osterinseln in aller Welt berühmt?

7. Antwort: B

Die Osterinseln wurden im Jahr 1722 durch den Hollän-
der Jakob Roggeveen benannt. Er landete mit drei Schif-
fen während des Ostersonntag auf der Insel und gab ihr
den Namen „Paasch-Eyland", zu Deutsch: „Osterinsel".

8. Antwort: Moai, die großen Steinköpfe

Die großen Köpfe aus Stein, auch
Moai genannt, schmücken zu
hunderten die Osterinsel. Die bis
zu 1500 Jahre alten Figuren sind
Bestandteil großer Zeremonial-
anlagen. Vermutlich dienten sie
dem Glauben der Einheimischen
nach als Bindeglied zwischen dem
Dies- und dem Jenseits und stellten
frühere Häuptlinge oder allseits verehrte Ahnen dar.

9. Wie werden Hasen in altdeutschen Märchen und Fabeln bezeichnet?

10. Welches Wort ist als Synonym für die Ohren des Hasen geläufig?

A. Löffel

B. Gabeln

C. Kellen

9. Antwort: Meister Lampe

Die Herkunft dieses Namens ist nicht eindeutig geklärt. Früher erhielten Tiere in deutschen Fabeln typische Vornamen: Der Bär hieß Petz, der Fuchs Reineke und der Hase Lamprecht. Aus Lamprecht wurde später die verkürzte Form „Lampe". Dies wurde auch durch das optische Phänomen unterstützt, das bei davonlaufenden Hasen zu beobachten ist: Aufgrund des hellen Unterfells am Hinterteil entsteht der Eindruck, dass sie ständig aufleuchten, was an eine Lampe erinnert.

10. Antwort: A

Die Ohren von Hasen werden auch Löffel genannt. Dies liegt schlicht daran, dass die Lauscher der Feldhasen optisch an pelzige Löffel erinnern. Die Besonderheit seiner Ohren liegt in ihrer Flexibilität: Hasen können sie unabhängig voneinander bewegen und in verschiedene Richtungen drehen. Somit können sie hervorragend Geräusche aus allen Richtungen wahrnehmen.

11. An Ostern werden viele bunte Eier gekauft, die als Dekoration genutzt, versteckt und oftmals erst Wochen später gegessen werden. Besonders muss man dabei auf faule Eier aufpassen. Nach welchen chemischen Stoff riechen faule Eier?

12. Was geschieht mit frischen Eiern, wenn man diese in kaltes Wasser legt?

   A. Sie steigen auf und schwimmen an der Wasseroberfläche.

   B. Sie sinken auf den Grund des Wassers.

   C. Sie stehen senkrecht im Wasser.

11. Antwort: Schwefelwasserstoff

Dieser äußerst unangenehme Geruch ist typisch für Kläranlagen, bei der Abwasserbehandlung und in der Kanalisation. Bei Eiern entsteht diese Schwefelverbindung durch die Zersetzung von schwefelhaltigen Aminosäuren in den Proteinen von Eiklar und Dotter. So warnt dieser beißende Geruch vor den faulen Exemplaren, die auf keinen Fall gegessen werden sollten.

12. Antwort: B

Mit diesem Trick kann man Eier, die über Ostern längere Zeit ungenutzt waren, auf ihre Genießbarkeit hin überprüfen. In einem mit Wasser gefüllten Behälter, wie beispielsweise einem Glas, sinken frische Eier auf den Boden, da sie schwerer sind als das Wasser. Je älter das Ei ist, umso mehr Wasser ist im Eidotter verdunstet. Dieser freie Platz füllt sich mit Luft, die leichter ist als das Wasser. Daher steigen faule Eier auf.

13. Was ist die Osterrechnung?

   A. Die Berechnung des Osterdatums

   B. Ein Begriff aus dem Mittelalter zur Begleichung sämtlicher offenen Zahlungen an alle Schuldner zur Osterzeit.

   C. Die erste Rechnung, die nach der Fastenzeit im Wirtshaus gezahlt wird.

14. Welcher deutsche Mathematiker und Physiker hat die nach ihm benannte Formel zur Errechnung des Osterdatums formuliert?

13. Antwort: A

Die Osterrechnung, auch Computus genannt, ist die Formel zur Berechnung des jährlichen Datums des Osterfestes. Da Ostern jedes Jahr an einem anderen Tag stattfindet und sich am Vollmonds orientiert, musste dies stets neu errechnet werden.

14. Antwort: Carl Friedrich Gauß

Da sich das Datum des Osterfestes am Vollmond orientiert, wurde das jeweilige Osterdatum per Hand mittels komplizierter Tabellen berechnet. Carl Friedrich Gauß, der für überragende wissenschaftliche Leistungen bereits zu seiner Lebzeit als „Fürst der Mathematik" bekannt war, löste dies durch eine eigene Formel ab. Die Gaußsche Osterformel ist die bekannteste, aber nicht die einzige mathematische Rechnung dieser Art. Eine Alternative dazu hat der britische Astronom Harold Spencer Jones im Jahr 1922 entwickelt. Diese wird „Spencers Osterformel" genannt,

15. Wie lautet die vollständige Bauernweisheit?

    „Lichtmess im Klee, Ostern im …"

    A. …Schnee
    B. …See
    C. …Kaffee

16. Ein pinkfarbener Hase ist durch Fernsehwerbung vor allem um die Osterzeit herum sehr bekannt geworden. Welches Produkt hat er beworben?

15. Antwort: A

Der alten Bauernweisheit nach verspricht ein milder Winter ein kaltes Osterfest. Wenn zur Lichtmess, die 40 Tage nach Weihnachten stattfindet, bereits Klee wächst, also höhere Temperaturen herrschen, so soll es an Ostern kälter werden. Ähnlich drücken dies auch die Bauernregeln „Ist der Februar sehr warm, friert man Ostern in den Darm" oder „Grüne Weihnachten, weiße Ostern" aus. Auch wenn diese Regeln weder wissenschaftliche Grundlagen haben noch eine Allgemeingültigkeit besitzen, dienten sie dennoch der Orientierung der Bauern und hatten Einfluss darauf, wie die Landwirtschaft betrieben wurde.

16. Antwort: Batterien

In den 70er Jahren wurde Werbung für Batterien gemacht, die länger als gewöhnliche Zink-Kohle-Batterien halten sollten. Die trommelnde Werbeikone wurde als Duracell-Hase berühmt.

17. Die englische Bezeichnung für Osterei „Easter Egg" hat noch eine weitere Bedeutung. Was sind „Easter Eggs"?

A. Ein Shortdrink aus Irland

B. Versteckte Funktionen in einem Computerprogramm oder einem Film

C. Goldene Ohrringe, die traditionell an Ostern getragen werden

18. Richtig oder falsch: Kinder, die an Ostern dem Osterhasen einen Brief schreiben wollen, können diesen an das Osterhasenpostamt schicken und erhalten sogar eine Antwort.

17. Antwort: B

Die ersten Easter Eggs stammten aus Computerspielen, sind heute allerdings auch in Filmen zu finden. Es sind versteckte Besonderheiten, die meist auf lustige Weise auf einen Urheber hindeuten. Das erste „Easter Egg" war im Computerspiel „Adventure" enthalten, das im Jahr 1979 für die Spielekonsole Atari 2600 erschien. Mittlerweile entsteht kaum ein Computerspiel ohne extra eingebaute „Easter Eggs", welche, ebenso wie bei echten Ostereiern, die Nutzer dazu anregen soll, auf die Suche nach den versteckten Zusatzinhalten zu gehen.

18. Antwort: Richtig

Es gibt in Deutschland, ähnlich wie das Weihnachtspostamt zur Weihnachtszeit, auch zu Ostern drei Orte, an denen Briefe an den Osterhasen gesammelt und beantwortet werden. Diese drei Osterpostämter befinden sich in Eibau in Sachsen, Osterhausen in Sachsen-Anhalt und Ostereistedt in Niedersachsen.

Das christliche Osterfest

19. Welche Bedeutung hat das Osterfest für den christlichen Glauben?

    A. Der Tod von Jesus Christus

    B. Die Auferstehung Jesus

    C. Die Geburt von Jesus

20. Welche ursprüngliche Bedeutung hat der Gründonnerstag für den christlichen Glauben?

19. Antwort: B

Mit dem Osterfest wird die Auferstehung Jesus nach dessen Tod gefeiert. Damit gilt es als höchstes Fest im Christentum. Dem christlichen Glauben nach begaben sich drei Tage nach Jesus Kreuzigung einige Frauen, unter ihnen auch Maria Magdalena, auf den Weg zu dessen Grab, um den Leichnam zu salben. Zu ihrem Erstaunen fanden sie dort jedoch nur ein leeres Grab vor. Sie haben daraus geschlussfolgert, dass ihr Herr aus dem Grabe auferstanden sei.

20. Antwort: Das letzte Abendmahl Christis

Vor seiner Verhaftung und Kreuzigung versammelte Jesus Christus seine zwölf Apostel um sich und nahm mit ihnen ihr letztes gemeinsames Mahl ein. Die Bedeutung des Wortteils „Grün" geht möglicherweise vom mittelhochdeutschen Wort „geinen", welches „wehklagen" bedeutet, zurück.

21. Welche Bedeutung hat der Karfreitag für den christlichen Glauben?

22. Was bedeutet das altdeutsche Wort „Kara" im Namen „Karfreitag"?

A. Kummer

B. Freude

C. Hoffnung

21. Antwort: Der Jahrestag des Todes Jesu Christi

An Karfreitag wurde Jesus Christus gekreuzigt. Der Tag ist nach christlichem Glauben ein Tag des stillen Gedenkens und der Trauer um das Leid Jesu Christi am Kreuze. Der Tag wird daher auch „stiller Freitag" oder „hoher Freitag" genannt. Dem Glauben nach nahm Jesus freiwillig den Kreuzestod an. Mit seiner unschuldigen Hinrichtung habe er somit sämtliche Sünden aller Menschen auf sich genommen.

22. Antwort: A

Das Wort Karfreitag geht auf das Wort „Karvritac" zurück, althochdeutsch „kara", und bedeutet „Jammer, Kummer". Das germanische Wort „Karo" bedeutet übersetzt ebenfalls „Kummer" oder „Sorge". Somit ist der Karfreitag im Sinne der Wortherkunft ein „Tag des Kummers" oder „Tag des Jammerns".

23. Exakt 50 Tage nach Ostern findet ein weiterer Feiertag statt. Wie heißt dieser?

24. An welchem Wochentag ist Jesus Christus auferstanden?

   A. Donnerstag

   B. Montag

   C. Sonntag

23. Antwort: Pfingsten

Genau 50 Tage nach Ostern wird Pfingsten gefeiert. Das Wort „Pfingsten" kommt aus dem Griechischen und bedeutet übersetzt „fünfzig". Es ist der Tag, an dem der Heilige Geist nach christlichem Glauben auf die Apostel und die Jünger herabkam. Ein Wunder sei geschehen und die engsten Anhänger von Jesus konnten sämtliche Sprachen der Welt sprechen, sodass sie die Kunde von Jesus Auferstehung verbreiten und die Einheit der Gläubigen erschaffen konnten.

24. Antwort: C

Am dritten Tag nach Jesus Kreuzigung wird seine Auferstehung gefeiert. Nachdem er am Freitag, das ist der erste Tag, gekreuzigt wurde und am Samstag, Tag zwei, im Grabe lag, entdeckten Maria Magdalena und einige weitere Frauen am Sonntag in der Früh sein leeres Grab. Sonntag ist für den christlichen Glauben somit ein heiliger Tag, an dem sie ihrem Herrn gedenken.

25. Was ist traditionell an Karfreitag in ganz Deutschland bis auf wenige Ausnahmen verboten?

A. Beten

B. Tanzen

C. Demonstrieren

26. Nicht nur die Osterzeit, sondern auch die Tage vor und nach Ostern sind von zahlreichen Bräuchen geprägt. Was tun viele gläubige Menschen traditionell 46 Tage vor Ostern?

25. Antwort: B

Karfreitag ist dem christlichen Glauben nach ein Tag der
Trauer. An diesem Tag wird dem Leid und Tode Jesus
Christus gedacht. Er gilt daher als stiller Feiertag. Aus diesem Grund sollen deutschlandweit keine Tanzveranstal-
tungen stattfinden. Die Vorgabe solch religiös begründe-
ter flächendeckender Verbote ist jedoch sehr umstritten
und ihre Umsetzung unterscheidet sich je nach Bundesland. Mitunter sind heutzutage regionale Ausnahmen er-
laubt.

26. Antwort: Fasten

Traditionell beginnt 46 Tage vor Ostern, an Aschermittwoch, die Fastenzeit. Die Dauer des Fastens beträgt 40
Tage, da die Sonntage innerhalb dieser Zeit nicht mitge-
rechnet werden. Während des Fastens verzichten die
Gläubigen auf Fleisch, Alkohol und Süßigkeiten; in einigen Fällen auch auf alle tierischen Lebensmittel. Dies soll
die 40-tägige Fastenzeit Jesu in der Wüste symbolisieren.
Sie endet traditionell in der Osternacht.

27. Was ist eine Tradition, die nach Jesus Auferstehung ausgelebt wird?

A. Osterlachen

B. Ostertrauern

C. Ostertanzen

28. Wie wird der fünfte Tag der Karwoche genannt?

27. Antwort: A

Im 14. Jahrhundert verbreitet sich in und um Bayern herum das sogenannte „Osterlachen". Hierbei erzählten Osterprediger lustige Geschichten, um die Menschen zum Lachen zu bringen. Auch in der Osterpredigt wurde dieses Ritual von manch Pfarrern eingebaut und durch lustige Geschichten, begleitet von unterhaltsamer Mimik und Lautmalereien, vorgetragen. Hierdurch sollte der Sieg von Jesus Christus über den Tod freudig gefeiert werden. Während der Reformation wurde das österliche Gelächter jedoch als unsittlich angesehen und vielerorts verboten. Heute findet dieser Brauch nur noch in wenigen Regionen statt.

28. Antwort: Gründonnerstag

Alternative Bezeichnungen sind auch „Hoher Donnerstag", „weißer Donnerstag" oder „Palmdonnerstag". Es ist der fünfte Tag der Karwoche, deren Zählung beim Palmsonntag beginnt.

29. In welchem bunt geschmückten Behälter werden an Ostern Speisen zur kirchlichen Speisesegnung transportiert?

30. Welches Fest ist von größerer Bedeutung für das Christentum als das Osterfest?

A. Weihnachten

B. Pfingsten

C. Keines

29. Antwort: Weihekorb

Der Weihekorb dient als Transportmittel für Ostereier, Fleisch, Brot, Butter, Wein und andere Speisen, die zum Gottesdienst mitgebracht werden, um dort gesegnet und anschließend im Kreis der Familie festlich verspeist zu werden. Der Weihekorb wurde dazu für gewöhnlich mit einer Weihenkorbdecke abgedeckt, auf der Christussymbole eingestickt sind.

30. Antwort: C

Das Osterfest ist das wichtigste Fest im Christentum. Die Auferstehung von Jesus Christus wird als bedeutendster aller Feiertage gewertet.

31. Was wird der christlichen Tradition nach stets am brennenden Osterfeuer entzündet?

32. In welchem Jahr wurde die Regel festgelegt, dass Ostern am ersten Sonntag nach dem ersten Frühlingsvollmond stattfinden soll?

A. 155 n. Chr.

B. 267 n. Chr.

C. 325 n. Chr.

31. Antwort: Die Osterkerze

In der Osternacht wird nach christlichem Brauch zunächst das Osterfeuer entzündet. Sobald die Flammen
stark lodern, wird die Osterkerze daran entzündet und ge-
weiht. Anschließend wird sie gemeinsam mit den Gläubigen in die dunkle Kirche gebracht, um diese zu erhellen
und den Gottesdienst einzuleiten. Die brennende Kerze
ist ein Symbol für den auferstandenen Jesus Christus und
ein Zeichen dafür, dass der Tod vor dem Leben und dem
Licht weichen muss.

32. Antwort: C

Auf dem Konzil von Nicäa wurde im Jahr 325 n. Chr.
diese Festlegung beschlossen. Hintergrund dieser Ent-
scheidung war, dass die Feier nicht an wechselnden Wo-
chentagen stattfinden sollte. So sollte es beispielsweise
stets ein Freitag sein, an dem an Jesus Kreuzigung gedacht wird. Zudem sollte die Datierung nicht im vom Ju-
dentum verwendeten Lunisolarkalender erscheinen.

33. Wann wird traditionell die Osterkerze an-
   gezündet?

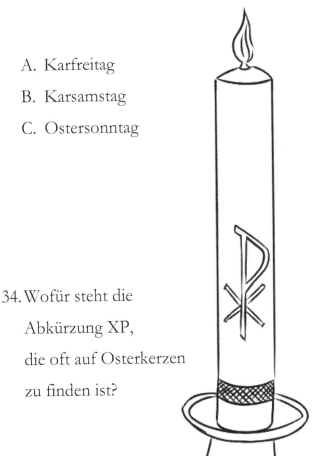

   A. Karfreitag

   B. Karsamstag

   C. Ostersonntag

34. Wofür steht die
   Abkürzung XP,
   die oft auf Osterkerzen
   zu finden ist?

33. Antwort: B

Christlich-Traditionell wird die Kerze am Osterfeuer in der Nacht von Karsamstag auf Ostersonntag entzündet. Sie leitet den Gottesdienst ein und bringt den Gläubigen ein als heilig geltendes Licht. Das Licht der Kerze steht symbolisch für die Auferstehung Jesus Christus und erinnert an dessen Sieg über den Tod.

34. Antwort: Chi-Ro bzw. Jesus Christus

Nach dem Kreuz und dem Fisch ist das Zeichen XP, auch Konstantinisches Kreuz, Christusmonogramm oder Christogramm genannt, das häufigste Symbol im Christentum und ein Zeichen für Jesus Christus. Die Buchstaben XP sind griechischen Ursprungs und bilden die ersten beiden Buchstaben des Wortes „Christós" („Christus"). Noch zu Jesus Lebzeiten soll es von seinen Anhängern als Erkennungszeichen genutzt worden sein. Die ersten Christen konnten sich untereinander hiermit als Gleichgesinnte zu erkennen geben.

35. Für welche Eigenschaft, die Jesus zum Zeitpunkt seines Todes ausgezeichnet haben soll, steht symbolisch das Osterlamm?

36. Wie wird der letzte Sonntag vor Ostern genannt?

A. Dattelsonntag

B. Palmsonntag

C. Olivsonntag

35. Antwort: Unschuld

Das Lamm gilt seit Jahrtausenden als Symbol des Lebens, da es den Menschen Nahrung, Trinken und Kleidung spendet. Es wurde von vielen Kulturen als Opfertier genutzt, da ihm sehr gute Beziehungen zur Götterwelt nachgesagt wurde. Im Neuen Testament wird Jesus als „Lamm Gottes" bezeichnet. Er nahm dem Glauben nach durch seine Kreuzigung die Sünden der Menschheit auf sich. Da er unschuldig hingerichtet wurde, steht das Lamm symbolisch für Jesus Unschuld.

36. Antwort: B

Am Palmsonntag wird dem Einzug von Jesus Christus in Jerusalem gedacht. Um Jesus zu empfangen, haben ihm die Menschen Palmen und Zweige auf den Weg geworfen und ihn mit Palmwedeln berührt. Da Palmen für die Römer, welche Jerusalem besetzt hatten, symbolisch für den Sieg standen, kam es einer Provokation gleich, Jesus auf diese Weise zu ehren.

37. An welchem Ort hält der Papst in Rom an Ostersonntag seine traditionelle Oster-messe?

38. An Ostersonntag spendet der Papst allen Gläubigen den Segen „Urbi et Orbi". Was bedeuten diese Worte?

A. Bete und arbeite
B. Glück und Segen
C. Der Stadt und dem Erdkreis

37. Antwort: Auf dem Petersplatz

Traditionell hält der Papst auf dem Petersplatz seine jährliche Rede an Ostersonntag. Im Anschluss daran spendet der Papst allen Gläubigen seinen Segen. Früher hatte dies die physische Anwesenheit der Gläubigen am Petersplatz erfordert. Mittlerweile kann diese Osterbotschaft auch medial weltweit verbreitet und von Millionen Gläubigen live mitverfolgt werden.

38. Antwort: C

Die Worte stammen aus dem Lateinischen. „Urbi" bedeutet „Stadt" und „Orbi" meint den Erdkreis. Mit der Stadt ist Rom gemeint. Dieses Ritual des päpstlichen Segens entwickelte sich im 13. Jahrhundert. Er richtet sich nach katholischer Lehre an alle Menschen, die ihn hören und guten Willens sind, und soll ihnen einen Ablass ihrer Sünden gewähren.

39. Wie wird die Woche vor Ostern genannt?

   A. Karwoche

   B. Grüne Woche

   C. Fastenwoche

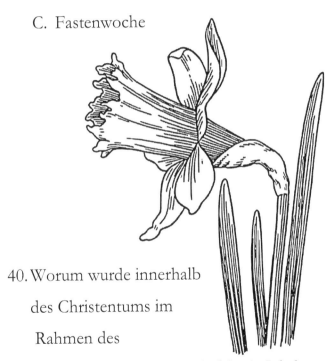

40. Worum wurde innerhalb des Christentums im Rahmen des „Osterfeststreits" vom 2. bis 4. Jahrhundert gestritten?

39. Antwort: A

Die Woche nach Palmsonntag wird Karwoche genannt. Sie ist die letzte Woche der Fastenzeit und wird auch als „Heilige Woche" bezeichnet. Karwoche bedeutet aus dem althochdeutschen Ursprung übersetzt „Kummerwoche" oder „Stille Woche".

40. Antwort: Um den Termin des Osterfestes

Zwischen dem frühen Christentum des Ostens und des Westens wurde bis zum vierten Jahrhundert über den exakten Termin des Osterfestes – und somit des Todestages Christi – gestritten. Die kleinasiatischen Gemeinden legten den Todestag auf den 14. Nissan, den Tag des jüdischen Pessach. Die römischen Gemeinden dagegen betonten vielmehr den Tag der Auferstehung, den sie am ersten Sonntag nach dem 14. Nissan feierten. Während des Konzils von Nicäa im Jahr 325 endete der Streit und das Osterdatum wurde auf den ersten Sonntag nach dem ersten Frühlingsvollmond gelegt.

41. Welchen Namen hat die 40-tägige Fasten-
    zeit vor Ostern?

    A. Karzeit
    B. Ramadan
    C. Passionszeit

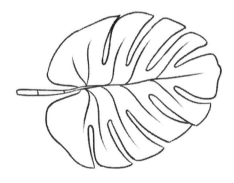

42. Auf welchem Tier soll Jesus Christus am
    Sonntag vor Ostersonntag in Jerusalem
    eingeritten sein?

41. Antwort: C

Als Passionszeit wird die Zeit des Fastens 40 Tage vor Ostern bezeichnet. Das Wort „Passion" kommt aus dem Griechischen und bedeutet „leiden" und „durchstehen" bzw. aus dem Lateinischen übersetzt „erdulden" und „erleiden".

42. Antwort: Esel

Der sogenannte „Palmesel" ist ein typisches Symbol des christlichen Osterfestes. Er erinnert an den Einritt von Jesus Christus in Jerusalem am Palmsonntag. Anstatt auf einem Pferd, wie für soll er auf einem Esel eingeritten sein. Hierdurch sollte seine Bescheidenheit zum Ausdruck kommen.

Weitere österliche Traditionen

43. Ostereier wurden nicht immer so kunterbunt angemalt, wie es heute üblich ist. Mit welcher Farbe wurden Ostereier ursprünglich bemalt?

    A. Blau

    B. Rot

    C. Grün

44. Warum werden an Ostern traditionell Ostereier versteckt?

43. Antwort: B

Die früheren Christen Mesopotamiens bemalten die Eier zu Ostern grundsätzlich nur rot. Die Farbe sollte ihrem Glauben nach an das Blut Christi erinnern, dass während seiner Kreuzigung vergossen wurde. Noch heute werden in Griechenland Ostereier vielerorts nur rot gefärbt.

44. Antwort: Um sie heimlich zu Ehren der Göttin Ostara zu verschenken.

Während des 18. Jahrhunderts haben sich die Menschen gerne Ostereier gegenseitig geschenkt. Dies geschah zu Ehren der Göttin Ostara, die vermeintliche germanische Göttin der Fruchtbarkeit und des Lebens. Mittlerweile gilt die Existenz dieser Göttin im Götterglauben der Germanen als umstritten. Die damalige Verehrung einer heidnischen Göttin war dem Christentum jedoch ein Dorn im Auge, weswegen sie diesen Brauch verboten haben. Um nicht darauf verzichten zu müssen haben die Menschen die zu verschenkenden Eier versteckt.

45. Aus welchem Grund wurden Ostereier in Europa bunt bemalt?

A. Um nach der Fastenzeit zwischen frischen und älteren Eiern unterscheiden zu können.

B. Die unterschiedlichen Farben sollten die bunt aufblühende Landschaft des Frühlings symbolisieren.

C. Das Färben der Eier wurde eingeführt, um auch Kindern an Ostern einen besonderen Spaß zu bereiten.

46. Was soll durch das traditionelle Osterfeuer vertrieben werden?

45. Antwort: A

Während der Fastenzeit haben Menschen auf tierische Lebensmittel komplett verzichtet. An diese Regel hielten sich die Hühner natürlich nicht und legten fleißig weiterhin Eier. Um diese haltbar zu machen, wurden sie gekocht. Das Färben der Eier diente der Markierung, um nach der Fastenzeit unterscheiden zu können, welche Eier alt und welche frisch waren. Die Verzierung von Eiern gibt es jedoch bereits viel länger und reicht bei manchen Kulturen teilweise mehrere Jahrtausende in die Vergangenheit zurück, wie Funde verzierter Straußeneier in Südafrika und Ägypten zeigten.

46. Antwort: Böse Geister und der Winter

Mit Beginn des Frühlings, der Blütezeit und der wärmeren Temperaturen wird symbolisch durch das Osterfeuer der Winter beendet. Zudem, bereits als jahrhundertealtes Ritual noch vor dem Einfluss des Christentums, wurden dadurch böse Geister vertrieben.

47. Welche Funktion hatte das Ei im Mittelalter, neben der des Nahrungsmittels?

    A. Waffe

    B. Kommunikationsmittel

    C. Zahlungsmittel

48. Wie ist der Name der Flüssigkeit, die in der Osternacht gewonnen wird und der heilende Kräfte nachgesagt werden?

47. Antwort: C

Das Ei hat eine wichtige historische Bedeutung. Im Mittelalter wurde es als Zahlungsmittel eingesetzt. Es gab bestimmte Termine, wie Fastnacht oder Lichtmess, ein 40 Tage nach Weihnachten stattfindendes Fest, an denen das Volk ihrem Herrscher einen sogenannten „Zehnt", eine zehnprozentige Steuer, zu zahlen hatte. Diese Steuer konnte von den Bauern in Form von Eiern bezahlt werden.

48. Antwort: Osterwasser

Einem alten Volksbrauch nach wird in der Osternacht oder am Ostermorgen, noch vor Sonnenaufgang, aus einer natürlichen Quelle, wie einem Fluss oder einem Bach, ein besonderes Wasser gewonnen. Osterwasser soll eine ausgesprochen lange Haltbarkeit haben und sogar gegen einige Krankheiten helfen. Jedoch ist es nur wirksam, wenn es von einer unverheirateten Frau in einem unbeobachteten Moment geschöpft wird.

49. Was ist der jährlich in Deutschland durch-
geführte Ostermarsch?

A. Ein Ausdruck der Friedensbewegung

B. Ein Spaziergang zu Ehren Jesus Christus

C. Ein Marsch nach der Fastenzeit zum
nächstgelegenen Wirtshaus

50. Wie heißt der Osterbrauch,
bei dem ein hartgekochtes Ei mit der Spitze
voran an das Ei eines Gegenspielers ge-
schlagen wird, mit der Absicht, dessen
Schale zuerst zu zerbrechen?

49. Antwort: A

Der Ostermarsch wurde in den 1960er Jahren von Pazifisten ins Leben gerufen. Ihren Ursprung hat die Bewegung in einer britischen Friedensbewegung, die von Atomwaffengegnern gegründet wurde und sich gegen eine nukleare Aufrüstung richtet. In Form von zahlreichen Demonstrationen und Kundgebungen in ganz Deutschland soll ein Zeichen für Frieden und gegen Krieg gesetzt werden.

50. Antwort: Eiertütschen

Dieser Osterbrauch ist nicht nur in Deutschland bekannt. Seine Verbreitung erstreckt sich über Österreich, Schweiz, die Balkanländer bis nach Russland und Schweden. Das Spiel wird der Tradition nach am Ostermorgen am Tisch innerhalb der Familie gespielt. Derjenige Spieler, dessen Ei am Ende noch unversehrt geblieben ist, hat gewonnen.

51. Womit wird der traditionelle Osterbaum geschmückt?

52. Bis zu welchem Tag soll der Osterbaum nach christlichem Glauben stehen bleiben?

A. Bis Pfingsten

B. Bis zum Weißen Sonntag

C. Bis zum Ostermontag

51. Antwort: Mit Ostereiern

Ein Osterbaum ist ein typisches Dekorationselement über die Osterfeiertage. Seit den 1960er Jahren ist er in Deutschland üblich. Er hat jedoch auch religiöse Bedeutung. So stehen die bunten Ostereier für neues Leben und somit für die Auferstehung von Jesus Christus. Gleichzeitig steht er symbolisch für das aufblühende Leben, womit der Beginn des Frühlings gemeint ist.

52. Antwort: B

Der im Christentum übliche Zeitraum für den Osterbaum ist von Karsamstag bis zum Weißen Sonntag, auch Kleinostersonntag genannt, der erste Sonntag nach Ostern. Diese Tradition wird jedoch kaum noch gelebt. Stattdessen dient der Osterbaum als dekoratives Element und leitet in den Haushalten den beginnenden Frühling ein.

53. Was ist unter der in einigen Regionen Deutschlands verbreiteten Tradition des Feuerrads zu verstehen?

A. Das Schmücken eines Fahrrads mit Osterkerzen an Ostersonntag.

B. Das Abrollen eines brennenden Rades von einem Hügel hinab.

C. Das Entzünden einer kreisförmigen Markierung zur Vertreibung böser Geister.

54. Was wird traditionell in St. Peter im Schwarzwald an Ostern im Osterfeuer verbrannt?

53. Antwort: B

Dieser alte Brauch wird mit der gesamten Gemeinde ze-
lebriert. Dazu wird ein manneshohes Rad mit Stroh ge-
stopft und bei Dunkelheit, in der Regel direkt nach dem
Osterfeuer, von einem Hügel hinab gerollt. Traditionell
soll damit die Fruchtbarkeit des jeweiligen Feldes verbes-
sert werden. Wenn das Feuerrad, ohne umzukippen, am
Fuß des Abhangs ankommt, deutet dies dem Volksglauben nach auf ertragreiches Erntejahr hin. Dieser Brauch
ist nicht zwingend an Ostern gebunden und wird in manchen Regionen auch zu Weihnachten, Pfingsten oder
Karneval praktiziert.

54. Antwort: Pilze

Bereits vor Ostern sammeln die Kinder von St. Peter
Pilze im Wald, konkreter Baumschwämme, die direkt am
Stamm eines Baumes wachsen, und lassen sie trocknen.
Am Osterabend werden sie dann im Osterfeuer angezün-
det. Der dabei entstehende Rauch der Pilze soll Unglück
von den Häusern des Ortes fernhalten.

55. Welches Gericht wird laut alter Tradition am ersten Ostertag morgens auf nüchternen Magen gegessen?

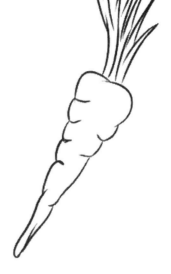

A. Osterapfel
B. Osterbirne
C. Ostermöhre

56. Wie heißt die häusliche Reinigungsaktion, die häufig an Ostersamstag in deutschen Haushalten durchgeführt wird?

55. Antwort: A

Der Osterapfel wurde mit dem klaren Osterwasser zusammen am Morgen des ersten Ostertages verspeist. Dabei sollte der Apfel dem Volksglauben nach das Erste sein, was an diesem Tag gegessen wird. Nur auf diese Weise soll er seine besondere Kraft entfalten und bewirkt, dass man das gesamte Jahr keine Zahnschmerzen bekommen soll.

56. Antwort: Osterputz

Vor der Osterzeit, häufig am Karsamstag, wird der Osterputz durchgeführt. Er ist gleichzusetzen mit dem Frühjahrspitz, der, wie es der Name verrät, im Frühling bzw. früh im Jahr, meist im März oder April, gleichzeitig mit den ersten milderen Temperaturen, durchgeführt wird.

57. Welche der folgenden Teigwaren ist kein typisches Gebäck, das zur Osterzeit üblicherweise gegessen wird?

    A. Osterbrot

    B. Osterpfannkuchen

    C. Osterzopf

58. Was ist eine typische Zutat für die Ostermarmelade?

57. Antwort: B

Osterzopf und Osterkuchen sind typische Gerichte, die traditionell nach der Fastenzeit verspeist werden. Dabei bestehen beide weitestgehend aus den gleichen Zutaten. Insbesondere das Osterbrot hat eine starke symbolische Bedeutung: Es ist rund und durch Zugabe von Safran gelb gefärbt. Dies steht für Wärme, die Sonne und dem christlichen Glauben nach für Jesus Christus, der auch als Licht der Welt bezeichnet wird. Früher diente es zudem als günstiger Ersatz für das Osterlamm, welches sich arme Familien nicht leisten konnten.

58. Antwort: Äpfel, Karotten

Die Ostermarmelade ist ein traditionelles Gericht, das zum Osterfest gereicht wird. In ihr wurde frisches Obst und Gemüse, wie Karotten, Äpfel und Orangensaft, verarbeitet. Sie leitet kulinarisch die wärmere Jahreszeit und aufkommende Landwirtschaft ein.

59. Welcher Zweig sind nicht Bestandteil des klassischen Osterstrauchs?

A. Amaryllis

B. Birke

C. Palmkätzchen

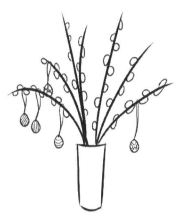

60. Von welcher germanischen Göttin soll sich der Name „Ostern" ableiten?

59. Antwort: A

Bei der Amaryllis handelt es sich um ein Gewächs, das hierzulande vor allem zur Advents- und Weihnachtszeit verkauft wird. Birke und Palmkätzchen dagegen werden, vor allem, wenn sie kurz vorm Blühen stehen, gerne zum Osterstrauch zusammengebunden.

60. Antwort: Ostara

Ostara soll eine germanische Frühlingsgöttin gewesen sein. Sie kämpfte gegen den Winter und brachte die warmen Sonnenstrahlen auf die Erde. Sie gilt als Botin des Frühlings und der Fruchtbarkeit. Ihre Existenz ist bis heute allerdings umstritten. Jacob Grimm, der ältere der beiden berühmten Gebrüder Grimm, leitete die Verbindung zwischen dieser Göttin und dem Wort „Ostern" her und bezog sich dabei auf den Mönch Beda Venerabilis als Quelle. Laut neuestem Forschungsstand leitet sich „Ostern" jedoch vielmehr vom altgermanischen Wort „Austro" ab, was „Morgenröte" bedeutet.

Osterbräuche anderer Länder

61. In welchem Land ist es Brauch, dass die Eier nicht versteckt, sondern geworfen werden?

A. Bulgarien

B. Indien

C. Marokko

62. Russische Adlige ließen kostbare goldene Eier mit Edelsteinen als Verzierung anfertigen. Wie heißen sie?

61. Antwort: A

Hierzulande kennen wir die Tradition, bunt gefärbte Ostereier zu verstecken und von Kindern suchen zu lassen. Anders in Bulgarien: Dort werden die Eier nicht versteckt, sondern geworfen. Derjenige, dessen Eier durch den Aufprall nicht zerbrechen, sondern in einem Stück bleiben, soll dem Brauch nach mit großem Glück gesegnet werden.

62. Antwort: Fabergé-Eier

Diese berühmten Eier wurden zwischen 1885 und 1917 in der Werkstatt von Peter Carl Fabergé in Sankt Petersburg angefertigt. Nach ihm wurden sie benannt. Sie gelten damals wie heute als Inbegriff höchster Schmiedekunst. Insgesamt sind 52 Eier im Auftrag des Kaisers und elf weitere Eier auf Auftragsbasis von Personen, die es dem Zaren gleichtun wollten, angefertigt worden. Jedes dieser Eier ist von enormen Wert. Die wertvollsten von ihnen werden auf mehr als 30 Millionen Dollar geschätzt.

63. Welches Tier bringt in Australien als Alternative zum Osterhasen die Ostereier?

   A. Känguru

   B. Kaninchennasenbeuteltier

   C. Tasmanischer Teufel

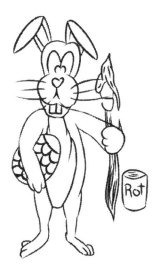

64. Was ist die beliebteste Farbe an Ostern in Schweden?

63. Antwort: B

Wenn es irgendein Tier gibt, welches den Hasen in Niedlichkeit noch übertrifft, dann ist es dessen australische Variante: Das Kaninchennasenbeuteltier. Die Idee für diesen Rollentausch stammt aus dem 1979 erschienen Buch „Billy the Easter Bilby" von Rose-Marie-Dusting. In den 1990er Jahren begannen Tierschutzorganisationen, dies zu nutzen, um den Osterhasen abzulösen. Damit wollten sie Aufmerksamkeit für die Umweltschäden infolge der illegalen Einschleppung von Hasen und Kaninchen schaffen und zugleich einheimische Tierarten schützen. Heute gibt es die Beuteltiere sogar im Supermarkt in Schokoladen-Variante zu kaufen.

64. Antwort: Gelb

In Schweden ist es Tradition, dass nicht der Osterhase, sondern die Osterküken die Eier bringen. Aufgrund ihrer gelben Farbe sind alle Arten von Festtagsschmuck und Dekorationen gelb gehalten.

65. Welche Tiere werden zu Ostern traditionell in Irland vergraben?

66. Was erwartet einer alten Weisheit zufolge Menschen, die in Flandern, einer Region des nördlichen Belgiens, an Ostersonntag beim Spaziergang Kirchenglocken beim Läuten beobachten?

A. Taubheit für mindestens eine Woche

B. Drei Tage lang einen steifen Hals

C. Unglück bei der nächsten Ernte

65. Antwort: Heringe

Ein kurios wirkender Brauch in Irland ist die Beerdigung des Herings. Da der Hering als Arme-Leute-Fisch bekannt ist und zu den Hauptnahrungsmitteln während der Fastenzeit gehört, dient die Heringsbeerdigung der symbolischen Beendigung der Fastenzeit und des Beginns des Frühlings. Der Fisch hängt den Menschen nach 40 Tagen Fasten regelrecht zum Halse raus. Außerdem sollten die begrabenen Fische der Bevölkerung laut alter Tradition ein ertragreiches Erntejahr bescheren.

66. Antwort: B

Die Kirchenglocken beim Läuten anzusehen stellt im nordbelgischen Flandern eine ketzerische Handlung dar. Die Bestrafung soll dem Volksmund nach sofort erfolgen: Drei Tage lang erinnert ein steifer Hals an das unsittliche Verhalten.

67. In Mexiko ist das Osterfest vergleichbar mit einem…

    A. Volksfest
    B. Trauertag
    C. Wettkampf

68. Was tun die Menschen in Finnland mit einer Birkenrute nach österlicher Tradition?

67. Antwort: A

Im stark katholisch geprägten Mexiko stellt das Osterfest, „Semana Santa" genannt, die wichtigste Feier des Jahres dar. Die Straßen Mexikos sind zu dieser Zeit mit kunterbunten Girlanden aus Krepppapier geschmückt. Ostern wird als gewaltiges Volksfest bunt von allen Menschen mit großer Freude gefeiert. In vielen Orten ziehen die Menschen mit freudigen Gesängen durch die Straßen und musizieren dabei mit Flöten und Trommeln.

68. Antwort: Sich schlagen

Nicht erschrecken: Die Finnen sind nicht so brutal, wie dieser Brauch zunächst andeutet. Zu Ostern schlagen sie sehr sanft ihre Freunde und Verwandten mit einer Rute aus Birkenholz. Damit soll daran erinnert werden, wie Jesus Christus während seines Einzugs in Jerusalem mit Palmwedeln freudig empfangen wurde. Der sanfte Schlag des Palmwedels war ein Zeichen für Anerkennung und stellte ein Siegessymbol dar.

69. Was wird in England traditionell am Dienstag, dem Tag vor Aschermittwoch, veranstaltet?

A. Schubkarren-Rennen
B. Pfannkuchen-Rennen
C. Eierlauf

70. Was müssen verlobte Paare in Australien während der Osterfeiertage aufsammeln, um eine gesegnete und glückliche Ehe führen zu können?

69. Antwort: B

Am alljährlichen „Pencake-Day" sollen sich Männer wie auch Frauen mit einer Schürze bekleiden und am Marktplatz versammeln. Mit einer Bratpfanne und einem Pfannkuchen beginnen sie den Wettlauf und rennen zur Kirche, in der anschließend ein Gottesdienst stattfindet. Auf dem Weg dorthin muss der Pfannkuchen zwei Mal gewendet werden. Hinter der lustigen Tradition steckt das Ritual, die Zutaten des Pfannkuchen, also Milch, Eier und Butter, zu verbrauchen, da diese während der Fastenzeit nicht gegessen werden dürfen.

70. Antwort: Wasser von einem Bach

Diese alte Tradition setzt voraus, dass das Paar zu Ostern bereits verlobt ist. Gemeinsam sammeln sie Wasser von einem Bach und heben es bis zur Hochzeit auf. Nach der Trauung bespritzen sie sich damit gegenseitig, um in eine glückliche Ehe einzutreten.

71. Wie verkleiden sich finnische Kinder einer beliebten Tradition zufolge an Ostern?

A. Hexen

B. Hasen

C. Seefahrer

72. Welches Land ist für seine Ostertradition des Eierrollens bekannt?

71. Antwort: A

Eine der beliebtesten finnischen Familientraditionen ist, dass sich kleine Kinder, vor allem Mädchen, als Hexen verkleiden. Sie ziehen bunte, altmodische Kleidung an und lassen sich Sommersprossen auf das Gesicht malen. Dann ziehen die Osterhexen von Tür zu Tür, mit Weidenkätzchen bepackt, und vertreiben böse Geister. Die kleinen Hexen sind sehr beliebt und bringen frühjährlichen Segen in die Häuser. Für ihre Dienste erhalten sie von den dankbaren Bewohnern allerhand Süßigkeiten.

72. Antwort: Schottland

Beim Eierrollen werden hart gekochte Eier eine Straße entlang so lange gerollt, bis ihre Schalen kaputt sind. Die Person, deren Ei am weitesten gekommen ist, ohne Bruchstellen zu erhalten, hat gewonnen. Dieser spaßige Brauch hat auch einen religiösen Hintergrund. Die rollenden Eier sollen das Wegrollen der Steine vor dem Grab von Jesus Christus symbolisieren.

73. Was tun philippinische Eltern am Morgen des Ostersonntag, sobald die Kirchenglocken läuten, mit ihren Kindern?

A. Sie streicheln ihre Kinder.

B. Sie küssen ihre Kinder auf die rechte Wangenseite.

C. Sie fassen ihren Kindern an den Kopf und heben sie hoch.

74. Von wem oder was werden in Frankreich die Ostereier gebracht?

73. Antwort: C

Philippinische Eltern heben ihre Kinder vorsichtig am Kopf hoch, da sie hoffen, dass sie dadurch größer werden. Da die durchschnittliche Körpergröße der dort lebenden Menschen deutlich kleiner ist als in anderen Ländern, werden große Menschen als besonders schön wahrgenommen. Die Eltern wollen ihren Kindern Gutes tun, indem sie sich um deren Wachstum bemühen.

74. Antwort: Kirchenglocken

Von Gründonnerstag bis Karsamstag sind in Frankreich traditionell die Kirchenglocken stumm. Einer Legende nach reisen die Glocken während dieser Zeit zum Papst, um sich dort segnen zu lassen. Am Ostersonntag kehren sie zurück und bringen dabei die Ostereier mit. Während sie über das Land fliegen, verlieren sie die Ostereier und weitere Süßigkeiten, welche anschließend von den Kindern gesucht werden können. Aufgrund dieser Legende gibt es in Frankreich, neben Schokoladen-Osterhasen, auch Schokoladen-Ostereier mit Flügeln zu kaufen.

Ostern als Frühlingsbeginn

75. Was versteht man unter den „Osterglocken"?

A. Ein Musikinstrument, das traditionell
für Osterlieder genutzt wird.

B. Eine Kirchenglocke, die nur während
der Osterfeiertage geläutet wird.

C. Eine Frühjahrsblume, deren Blüten wie
eine Glocke geformt sind.

76. Welches Gemüse wird an Gründonnerstag
besonders häufig zum Essen aufgetischt?

75. Antwort: C

Die für Ostern typischen Osterglocken sind Blumen mit gelb gefärbten Blüten, deren Form an eine Glocke erinnert. Sie blühen im Frühling und werden daher oft mit Ostern in Verbindung gebracht. Im Christentum steht sie symbolisch für die Auferstehung, da sie für den Rest des Jahres optisch tot erscheint, um Ostern herum jedoch zu neuem Leben erwacht.

76. Antwort: Spinat

Passend zum Namen werden an Gründonnerstag traditionell grüne Gerichte verspeist. Besonders häufig landet Spinat auf den Tellern. Die intensive grüne Farbe des Spinats steht symbolisch für die Botschaft, dass die Natur aus dem Winterschlaf erwacht ist.

77. Wodurch wird festgelegt, ob die Eier von Hühnern weiß oder braun sein werden?

A. An den Genen
B. Am Futter
C. Am Stress der Hühner

78. Welches Körperteil des Huhns verrät, welche Farbe ihre Eier haben werden?

77. Antwort: A

Die Gene entscheiden darüber, ob Hennen eher weiße oder eher braune Eier legen. Eine Drüse im Darm des Tieres bildet bei denjenigen Hühnern, die braune Eier legen, rote oder gelbe Farbpigmente, welche diese Färbung verursachen. Hühner, die diese Pigmente nicht haben, bekommen weiße Eier. Inhaltlich sind die Eier beider Farben identisch. Sie unterscheiden sich lediglich in der Festigkeit der Eischale: Braune Eier sind etwas stabiler als weiße und gehen beim Kochen seltener kaputt.

78. Antwort: Die Ohren

Genauer gesagt sind es die Hautlappen unter den Ohren der Hennen, auch Ohrläppchen genannt. Auch ihre Farbe wird genetisch festgelegt. Sind diese weiß gefärbt, so sind die Eier in den meisten Fällen ebenfalls weiß. Rosafarbene oder rötliche Ohrlappen sind ein Indiz für braune Eier.

79. Welche Hasen können tatsächlich Eier legen?

A. Japanische Hotot

B. Seehasen

C. Flughasen

80. Wie ist der Name einer traditionellen Osterblume, die auch Osterglocke genannt wird?

79. Antwort: B

Bei Seehasen handelt es sich lediglich dem Namen nach um Hasen. Tatsächlich sind es Fische, die im Wattenmeer leben. Jedes Jahr laichen sie zwischen Februar bis Mai, pünktlich um die Osterzeit herum, vor der deutschen Nordseeküste ab. Mit ihren Eiern bringen sie mit einem Mal tausende neue Seehasen zur Welt. Auch wird ihr Rogen als Kaviar ersatzweise neben dem klassischen Störrogen als „Deutscher Kaviar" weltweit angeboten.

80. Antwort: Narzisse

Die Osterglocken sind eine von vielen Unterarten der Narzissen bzw. deren Gattung der Amaryllisgewächse. Jede Osterglocke ist eine Narzisse, aber nicht jede Narzisse eine Osterglocke. Diese Pflanzen sind Frühblüher und kündigen mit ihrem kräftigen Gelb pünktlich im März den Frühling an.

81. Nicht jede Hühnerart legt nur weiße oder braune Eier. Welche Hühner legen grüne Eier?

A. Javanesische Zwerghühner
B. Grüne Berta
C. Keine

82. Welche Hasenart entspricht unserem typischen Bild des Osterhasen?

81. Antwort: A

Als Grünleger werden Hühner bezeichnet, die Eier mit grüner bis türkisfarbener Schale legen. Verantwortlich dafür ist der Gallenfarbstoff Ocyan. Als Grünleger sehr bekannt sind die „Javanesischen Zwerghühner". Aber auch die schwedische „Isbar" und die englische „Cream Legbar" sind in der Lage, solche Eier zu legen. Insbesondere in jungen Jahren zeichnen sich ihre Eier durch eine intensive grüne Färbung aus. Mit zunehmendem Alter nimmt die Intensität der Färbung ab. Trotz ihrer untypischen Färbung sind diese Eier ebenso essbar wie die weiß- und braunfarbigen Exemplare.

82. Antwort: Feldhase

In Europa gibt es fünf Hasenarten: Der Feldhase, der fast überall in Europa zu Hause ist. Er ist die wohl bekannteste aller Hasenarten. Im Norden lebt der Schneehase, der im Sommer braunes, im Winter weißes Fell hat. Im Süden leben drei weitere Arten. Sie heißen Korsika-Hase, Iberischer Hase und Castroviejo-Hase.

83. Warum wird der Wiesen-Kerbel auch Os-
terkraut genannt?

A. Die Pflanze blüht nur zur Osterzeit.

B. Die Pflanze dient als erste Nahrungs-
quelle des Jahres für die jungen Osterhasen.

C. Die Pflanze wird zum Färben von Eiern genutzt.

84. Welcher Vogel ist dafür bekannt, die
kleinsten Eier zu legen?

83. Antwort: C

Die Blätter des Wiesen-Kerbels wurden früher zum Fär-
ben von Ostereiern verwendet. Ihre Blütezeit beginnt im
März, kurz vor dem Osterfest, und erstreckt sich bis zum
Juni. Da die Pflanze einen leicht herben und an Möhren
erinnernden Geschmack hat, wird sie zudem als Zutat für
Salate und Suppen genutzt.

84. Antwort: Kolibri

Der Kolibri ist der kleinste Vogel der Welt. Der kleinste
seiner Art ist die Bienenelfe, auch Elfenkolibri genannt.
Er ist kleiner als ein ausgestreckter Finger. Das Ei des
Kolibri ist nur etwa so groß wie eine Erbse. Es hat einen
Durchmesser von
circa fünf Millimeter
und wiegt zwischen
0,25 bis 0,4 Gamm.

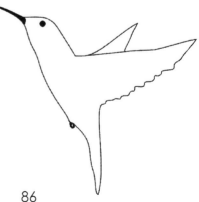

Rekorde und Schätzfragen

85. Im Jahr 2013 wurde in Oberholz-Scharmbeck die längste Ostereikette der Welt gebaut. Sie hatte eine Länge von fast 772 Metern. Wie viele Eier wurden hierzu verwendet?

86. Mit insgesamt 76.596 bemalten Ostereiern wurde am 08. April 2007 ein Baum als größer Osterbaum der Welt ins Guinness-Buch der Rekorde aufgenommen. In welcher Stadt steht der Baum?

A. Hannover

B. Rostock

C. Berlin

85. Antwort: 13.623 Ostereier

Bereits mehrere Wochen zuvor begannen hunderte Helfer damit, Eier auszupusten, zu bemalen und zusammenzutragen. Sie wurden zu einer Kette verbunden, bei der sich alle Ostereier berühren mussten. Allein vier Stunden dauerte das Zählen sämtlicher Eier.

86. Antwort: B

Der größte Osterbaum der Welt befindet sich im Rostocker Zoo. Dabei handelt es sich um eine Roteiche. Die Eier wurden hierzu ausgepustet und bunt bemalt.

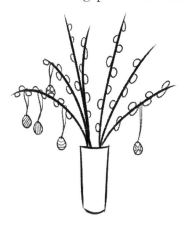

87. Wie viele Eier isst jeder Deutsche im statistischen Durchschnitt pro Jahr?

88. Auf wie viele Eier pro Woche erhöht sich der Ei-Konsum während der Osterfeiertage in Deutschland?

A. 5 Eier pro Woche

B. 7 Eier pro Woche

C. 9 Eier pro Woche

87. Antwort: 236 (2019)

Insgesamt wurden 19,6 Milliarden Eier im Jahr 2019 in Deutschland gegessen. Die Statistik zeigt, dass der Konsum von Eiern jedes Jahr leicht angestiegen ist. Während im Jahr 2006 noch 209 Eier im Durchschnitt verspeist wurden, waren es 2019 bereits 236. Dies entspricht der wöchentlichen Menge von etwa vier bis fünf Eiern pro Person.

88. Antwort: B

Bereits zu früheren Zeiten, als die Kirche den Eierkonsum während der Fastenzeit streng verboten hatte, kompensierten die Menschen während der Osterzeit den vorherigen Verzicht durch starken Konsum der bis dahin angesammelten Eier. Zu Ostern erhöht sich der Eierkonsum heute von vier auf sieben Eier pro Woche. Die weiteren drei Eier führen zu einem deutschlandweitem zusätzlichen Bedarf von 240 Millionen Ostereiern. Würde man diese Eier aneinanderlegen, so würden sie eine Kette bilden, die von Berlin bis nach Neuseeland reicht.

89. Wie viele hart gekochte Eier wurden für den aktuellen Weltrekord im Ostereier-Wettessen innerhalb von sieben Minuten verzehrt?

    A. 40

    B. 55

    C. 65

90. Wie viel wiegt das schwerste Schokoladen-Osterei?

89. Antwort: C

Die US-Amerikanerin Sonya Thomas hält diesen Rekord. Sie gilt als eine Legende des Wettessens und hält viele weitere Rekorde, wie 45 Hotdogs in zehn Minuten oder 183 Hühnerflügel in zehn Minuten. Im Jahr 2003 aß sie 65 hart gekochte Eier in einer Zeit von sechs Minuten und 40 Sekunden. Zum Nachahmen ist dieser Rekord jedoch nicht geeignet, da ein solch schnelles Verschlingen von derart vielen Eier gefährliche gesundheitliche Folgen haben kann.

90. Antwort: 7.500 Kilogramm

Diese gigantische süße Köstlichkeit wurde im Jahr 2012 im südargentinischen San Carlos de Bariloche erschaffen. Es hatte eine Höhe von 8,5 Metern und wog 7,5 Tonnen. Insgesamt haben 27 Konditoren zwei Wochen gebraucht, um dieses Meisterwerk in liebevoller Handarbeit herzustellen.

91. Welche Größe hatte das größte jemals dekorierte Osterei?

92. Welches Körperteil des Schokoladen-Osterhasen wird einer Studie nach zuerst gegessen?

A. Pfoten

B. Hinterteil

C. Ohren

91. Antwort: 14,79 Meter

Das größte dekorierte Osterei der Welt wurde vor dem Freeport Outlet in Alochete in Portugal im Jahr 2008 gebaut. Es hatte einen Durchmesser von 8,4 Meter und eine Höhe von 14,79 Meter.

92. Antwort: C

An der Umfrage, die von US-amerikanischen Medizinern im Jahr 2017 durchgeführt wurde, haben 28.113 Probaten teilgenommen. Das Ergebnis: 59% fingen bei den Ohren des Osterhasen an, diesen zu verspeisen. 33% hatte keine Präferenz und nur 4% bissen zuerst die Rückseite der Schokofigur, also den Schwanz des Hasen, ab.

93. Nach wie vielen Eiern wurde während der größten Ostereier-Suche der Welt in Florida gesucht?

94. Welche Süßigkeit wird in Deutschland am häufigsten produziert: Schokoladen-Weihnachtsmänner an Weihnachten oder Schokoladen-Osterhasen zu Ostern?

A. Schokoladen-Weihnachtsmänner

B. Schokoladen-Osterhasen

C. Beide in gleicher Anzahl

93. Antwort: 501.000 Eier

Am ersten April des Jahres 2007 haben insgesamt 9.753 Kinder mit ihren Eltern zusammen an diesem Fest teilgenommen. Sie trafen sich im Adventure Park in Winter Haven, Florida, und suchten in diesem die hunderttausenden versteckten Eier. Mehr als eine halbe Millionen Ostereier wurden von den Kindern gefunden. Sie stellten damit einen Weltrekord für die größte Eiersuche auf.

94. Antwort: B

Erstaunlicherweise liegt die Produktion der süßen Osterhasen mit 220 Millionen Exemplaren (2019) deutlich über der Menge hergestellter Weihnachtsmänner. Deren Anzahl lag im gleichen Jahr bei 151 Millionen. Der Grund hierfür liegt darin, dass zu Weihnachten die Konkurrenz größer ist: Neben den Weihnachtsmännern werben allerhand weiterer Leckereien, wie Lebkuchen, Kekse etc. um die Gunst der kaufwilligen Naschkatzen. Außerdem sind die Osterhasen beliebter im Ausland und werden stärker exportiert.

95. Wie alt ist das älteste bislang gefundene bunt dekorierte Ei?

96. Welchen Preis erzielte das teuerste Schokoladenosterei, ohne zusätzlichen Schmuck, bei einer Versteigerung?

A. 800 Euro

B. 8.500 Euro

C. 18.500 Euro

95. Antwort: 60.000 Jahre

Bereits lange Zeit vor dem Christentum gab es den Brauch, Eierschalen zu verzieren. Der älteste bislang bekannte Fund stammt aus dem südlichen Afrika. Hier wurden Straußeneier bemalt und mit kreisförmigen Linien beschmückt. Sie dienten vermutlich als wertvolle Statussymbole. Auch 5.000 Jahre alte Gräber der antiken Sumerer und Ägypter beinhalteten verzierte Straußeneier, die als Grabbeigabe den Verstorbenen für ihre Reise in das Totenreich mitgegeben wurden.

96. Antwort: B

Erstaunliche 7.000 Pfund, umgerechnet etwa 8.500 Euro im Jahr 2012, hat das teuerste aller Schokoladen-Ostereier bei einer Versteigerung in London eingebracht. Es wog 50 Kilogramm, war verziert mit Blattgold und mit einer Trüffel-Schokoladen-Kombination gefüllt. Drei Tage hat es gedauert, das Ei herzustellen.

97. Der Hase ist seit Jahrhunderten als Fruchtbarkeitssymbol mit dem Osterfest verbunden. Wie viele Jungtiere kann ein Hase maximal werfen?

A. 5
B. 10
C. 15

98. In welchem Deutschen Bundesland malen die meisten Menschen Ostereier bunt an?

97. Antwort: C

In den Monaten Januar und Februar finden die ersten Paarungen der Hasen im Jahr statt. Bereits 42 Tage später werfen sie die ersten Jungtiere. Bis zu 15 Nachkommen kann ein Hase mit einem Mal zur Welt bringen. Damit ist wohl auch biologisch bestätigt, dass der Osterhase seinem Ruf mehr als gerecht wird.

98. Antwort: Brandenburg

Eine Statistik aus dem Jahr 2017 zeigte, dass in Brandenburg 51% aller Menschen Ostereier bunt anmalten. Auf Platz zwei kam Mecklenburg-Vorpommern mit 49% und auf Platz drei Thüringen mit 47%. Die Menschen in den neuen Bundesländer gingen diesem Brauch stärker nach als jene in den alten Bundesländern. Schlusslicht waren die Hamburger, die mit einem Ergebnis von 26% eher zurückhaltend dieser Ostertradition nachgingen.

99. Wie viel wog der schwerste Schokoladen-
Osterhase der Welt?

A. 528 Kilogramm

B. 3.856 Kilogramm

C. 7.410 Kilogramm

100.   Wie viele Deutsche wissen nicht,
welche Bedeutung das Osterfest hat?

99. Antwort: B

Der schwerste Schokoladen-Osterhase der Welt wurde in Brasilien aus insgesamt 6.000 Schokoriegeln hergestellt. Er war 4,10 Meter hoch, 1,90 Meter breit und 1,80 Meter tief. Bis heute ist er der schwerste Osterhase, aber nicht der Höchste: 2016 wurde in Argentinien ein Schokohase geschaffen, der stolze 5,20 Meter erreicht hat. Er wog allerdings 500 Kilogramm weniger als der brasilianische Vorgänger.

100.   Antwort: Etwa 20 Prozent

Einer Umfrage zufolge kennt etwa jeder fünfte Deutsche die Bedeutung des Osterfestes nicht. Doch zu diesen braucht sich kein Leser dieses Buches zählen. Wer bis An diesen Punkt gekommen ist, darf sich als wahren Oster-Schlaukopf bezeichnen.

Printed in Poland
by Amazon Fulfillment
Poland Sp. z o.o., Wrocław

71279190R00058